錦衣

❶ 城牆外的怪獸

作者／段磊

故事簡介

雁北朝永定四年，天下初定，百姓安居樂業。都城順天府到處張燈結綵，人們正準備在元宵節時舉行遷都慶典。這時，北鎮撫司的指揮使葉明棠得知城外暮雲湖邊有怪獸出沒，立刻帶人前往探查，卻發現這隻怪獸背後藏著巨大的陰謀……

人物簡介

葉明棠

雁北朝北鎮撫司的指揮使，帶領錦貓衛負責貼身保護皇帝及巡查緝捕等工作。智勇雙全、心思縝密，深得明皇信任。

金葉子

雁北朝北鎮撫司的指揮同知，也是葉明棠的得力助手。有勇有謀，是一名神槍手。

錦逸

雁北朝北鎮撫司的女醫官，精通醫術，擅長製作各種藥丸。只在有任務時才進入北鎮撫司，平日生活在紫溪山，研究草藥。

灰雲月

雁北朝北鎮撫司的鎮撫使，也是斥候小隊的隊長。擅長偵察、探祕，以動作敏捷著稱。

明皇

雁北朝的皇帝，驍勇善戰、勤政愛民，對葉明棠掌管的北鎮撫司信任有加。

萬江樓

東緝事廠的提督，做事陰險狠毒，將北鎮撫司視為眼中釘，肉中刺。

一點白

作惡多端的千山盜頭目，常年盤踞山林。與萬江樓勾結，企圖盜取雁北朝都城順天府的地圖。

幻天真人

善用幻術騙人的術士。聽從千山盜頭目一點白的指揮，利用幻術欺騙明皇及錦貓衛。

永定四年，天下初定。為了抵抗漠北狼族的入侵，雁北朝的第三位皇帝明皇決定遷都到順天府，並重啟太祖時期設立後又廢除的北鎮撫司。他任命葉明棠為指揮使，金葉子為指揮同知。這些護衛都城、懲奸除惡的軍士被稱為錦貓衛，專門負責貼身保護皇帝及巡查緝捕等工作。

在錦貓衛中，指揮使為最高領導者，下設指揮同知、指揮僉事、鎮撫使、千戶、百戶、總旗、小旗等職位。他們奉命行事，互相協助，維護順天府的安寧。

這天，夜幕下的順天府依舊燈火通明，大街小巷熙熙攘攘，熱鬧非凡。因為再過幾天就是遷都慶典的大日子，到時候整個順天府都會張燈結綵，燃放煙火，祈求今後國泰民安，五穀豐登。

然而，在這個看似平靜的夜晚，卻藏著意想不到的危險。

　　月光穿過樹蔭，形成一地斑駁的影子。吉香母子匆忙趕路，想趕在城門關閉前回家。

　　此時，他們身後的樹叢傳來一陣窸窸窣窣的聲音，像是有什麼東西在慢慢靠近。

　　就在吉香母子經過暮雲湖邊時，一個
龐大的黑影忽然出現在他們面前。

　　難道是傳說中的怪獸出現了？吉香母
子嚇壞了，當場愣住。眼前這隻巨大的怪
獸長著兩支水牛角般的犄角，一雙黃色的
眼睛在黑暗中閃耀著光芒，血盆大口裡長
滿了鋸齒狀的尖銳牙齒。

　　吉香想拉著兒子元聰逃跑，可是從怪獸身上散發出的怪異氣味，使她和元聰頭暈目眩。只見怪獸伸出鋒利的爪子，一把將元聰抓了起來。

　　「媽媽，救我！快救我！」元聰嚇得大聲哭喊，掙扎著想逃離怪獸的魔爪。但是怪獸的力氣實在太大了，小孩子根本不可能掙脫。

「求求你，不要傷害我的孩子！」吉香悲痛的喊著，不斷向怪獸求饒。

但怪獸根本不理會，緩緩將元聰放到自己的巨口中。

「救命啊！我的孩子！我的孩子！」吉香大喊著，可是無濟於事。在這種荒郊野外，根本沒人能聽到她的呼救聲。

怪獸把元聰一口吞下，然後慢慢走向暮雲湖，巨大的身影轉眼就沒入湖水中。

　不知道是因為太激動，還是怪獸散發
出的怪異氣味所導致，吉香覺得腦袋昏昏
沉沉的，視線也變得模糊，沒一會兒就暈
倒在地上，失去了意識。

　幸運的是，吉香的叫聲還是被聽到
了。天空中，一隻灰隼飛過樹梢，盤旋了
一會兒，降落在吉香身邊。

這隻身穿飛魚服的灰隼名叫灰雲月，是北鎮撫司最厲害的斥候。他在空中巡邏時，隱約聽到吉香的呼救聲，便循聲飛了過來。

灰雲月用爪子抓起吉香，拍動翅膀朝夜空飛去。

北鎮撫司很早就接到線報，說城外出現一隻專門抓小孩子的怪獸。遷都慶典前，他們必須要查清此案。

此時的北鎮撫司大門緊閉，方圓百里都能感受到強烈的肅殺之氣。

　　北ㄅㄟˇ鎮ㄓㄣˋ撫ㄈㄨˇ司ㄙ的ㄉㄜ˙女ㄋㄩˇ醫ㄧ官ㄍㄨㄢ錦ㄐㄧㄣˇ逸ㄧˋ派ㄆㄞˋ人ㄖㄣˊ把ㄅㄚˇ吉ㄐㄧˊ香ㄒㄧㄤ帶ㄉㄞˋ到ㄉㄠˋ內ㄋㄟˋ室ㄕˋ看ㄎㄢˋ診ㄓㄣˇ。吉ㄐㄧˊ香ㄒㄧㄤ滿ㄇㄢˇ頭ㄊㄡˊ大ㄉㄚˋ汗ㄏㄢˋ，嘴ㄗㄨㄟˇ裡ㄌㄧˇ不ㄅㄨˋ停ㄊㄧㄥˊ喊ㄏㄢˇ著ㄓㄜ˙兒ㄦˊ子ㄗˇ元ㄩㄢˊ聰ㄘㄨㄥ的ㄉㄜ˙名ㄇㄧㄥˊ字ㄗˋ。錦ㄐㄧㄣˇ逸ㄧˋ把ㄅㄚˇ手ㄕㄡˇ放ㄈㄤˋ在ㄗㄞˋ吉ㄐㄧˊ香ㄒㄧㄤ手ㄕㄡˇ腕ㄨㄢˋ上ㄕㄤˋ的ㄉㄜ˙脈ㄇㄞˋ搏ㄅㄛˊ處ㄔㄨˋ，卻ㄑㄩㄝˋ感ㄍㄢˇ受ㄕㄡˋ到ㄉㄠˋ一ㄧ種ㄓㄨㄥˇ奇ㄑㄧˊ怪ㄍㄨㄞˋ的ㄉㄜ˙脈ㄇㄞˋ象ㄒㄧㄤˋ，有ㄧㄡˇ如ㄖㄨˊ中ㄓㄨㄥˋ了ㄌㄜ˙某ㄇㄡˇ種ㄓㄨㄥˇ劇ㄐㄩˋ毒ㄉㄨˊ般ㄅㄢ。

與此同時，在北鎮撫司的前廳，灰雲月向指揮使葉明棠稟報在暮雲湖邊發生的事。

　　這一個月來，北鎮撫司已經收到數十起孩童被怪獸抓走的報案，但一直無法確定怪獸的藏身處。

　　「怪不得派出去的千戶和總旗都搜尋不到半點蛛絲馬跡，原來那隻怪獸藏在暮雲湖裡。」葉明棠緊繃的神經終於放鬆了一點。

古代皇帝大多是世襲制，皇位從爺爺傳給父親，父親傳給兒子，兒子再傳給孫子，就這樣一代傳一代。但明皇是個例外，他是從自己的姪子手裡奪走皇位。坊間有傳言說，正是因為他的皇位來得名不正、言不順，觸怒了上天，才會引來吃孩童的怪獸。

不過，錦貓衛指揮使葉明棠卻不相信怪獸是神魔下凡，多年的辦案經驗告訴他，一定是有人在搞鬼。

「灰雲月，你看清楚怪獸的模樣了嗎？」葉明棠問道。

「我聽到呼救聲，趕到暮雲湖邊時，怪獸正從湖心緩緩沒入，我只看到牠頭上有兩個像水牛角的犄角。」

葉明棠心想：既然這條線索斷在暮雲湖，自然要從暮雲湖著手調查。他堅信怪獸一定會再出來犯案，要是不儘早將牠抓住，影響慶典就麻煩了。

「灰雲月，通知金葉子和千戶以上的錦貓衛到真爍堂集合。」葉明棠的腦海裡閃過一個主意。

「遵命。」灰雲月答道。

19

葉明棠坐在主位上，金葉子、灰雲月和幾個千戶圍坐在四周。

　　「那隻怪獸突然出現，一定和遷都慶典有關，雖然還不知道牠究竟有什麼目的，但我們還是要盡快抓住牠。既然怪獸藏身於暮雲湖，那麼只要設個魚餌，我相信牠一定會上鉤。」葉明棠對大家說道。

　　聽到要抓捕怪獸，錦貓衛們興致勃勃，個個摩拳擦掌，躍躍欲試。

　　「大家今天好好休息，明天日落後出發。」葉明棠下令。

　　就在錦貓衛們商議抓捕計劃的時候，有一個戴著斗笠的黑衣人，正潛伏在真爍堂的屋頂，靜靜聽完所有的計劃。

　　「我還以為葉明棠能有什麼高招，沒想到還是和以前一樣狂妄自大。這次一定要給你點教訓。」黑衣人冷笑著自言自語。

　　接著，黑衣人施展絕佳的輕功，三兩下就躍過北鎮撫司的屋頂，消失在茫茫夜色中。

隔天傍晚，錦貓衛們早早就擦亮繡春刀，整理好飛魚服，到馬廄牽起馬。等到天色完全暗下來，錦貓衛們便跟著指揮使葉明棠從北鎮撫司出發，灰雲月則在空中指引方向，一隊人馬風馳電掣的朝暮雲湖奔去。

儘管四周一片漆黑，錦貓衛們還是能憑藉異於常人的視覺能力，善用每一絲光線，以適應昏暗的地方。

　　抵達暮雲湖後，錦貓衛們迅速展開搜
查。他們在湖邊的淤泥裡發現很多巨大腳
印，從大小和形狀初步推斷，應該就是吃
孩童的怪獸留下的。而且從腳印的去向可
知，怪獸是一步步走向湖中。

　　「這些腳印那麼大，看來這隻怪獸的個頭不小。我們的人手雖然多，還是要小心應付。」一向謹慎的金葉子眉頭深鎖。

　　「沒錯，我們依計行事，大家各就各位。」葉明棠發號施令。

為了不打草驚蛇，錦貓衛們確定彼此的位置後，就分頭藏在湖邊的石頭和樹木後方。

金葉子按照計劃，把一截樹樁用布巾包起來，放到小木盆裡，輕輕的推進暮雲湖。葉明棠掐著嗓子，學小嬰兒哭了幾聲，隨後壓低嗓音說道：「兒子，不要怪

爹啊！我們家實在養不起你，你就順著暮雲湖漂吧！能不能活下去就看你的造化了。」

現在萬事俱備，就等怪獸上鉤了。

金葉子取出手銃，眼睛緊盯著湖面。果不其然，沒過多久，湖面上便有了動靜，一個黑影慢慢的向小木盆游過去。

　　確定黑影的位置後，埋伏在四周的錦
貓衛們立刻一擁而上，甩出繩索將「怪
獸」套住，讓牠動彈不得。

　　「何方賊人，在這裡裝神弄鬼，還不
束手就擒！」金葉子舉起手銃，瞄準「怪
獸」。

　　「大人，饒命啊！我只是普通的漁民
啊！」這隻「怪獸」突然喊了起來。

　　「等一等，把他拉上岸來。」葉明棠
覺得有些不對勁。

「大人，冤枉啊！別看我體型大，膽量卻是出奇的小，從來沒有做過壞事啊！」河馬見眼前都是穿著官服、掛著刀的官差，心裡害怕極了。

「你若真是漁民，怎麼會三更半夜出現在這裡？」

「有一個黑衣人給我一兩銀子，讓我來這裡拿個東西。」

「那個黑衣人現在在哪裡？」葉明棠追問。

「他叫我只管把東西拿回去，他會再來找我。」河馬答道。

葉明棠恍然大悟，這次的行動早就洩露了，而且還被人設了圈套。

　　天色漸漸亮起來，朝霞鋪滿天空和湖面。白忙一夜的錦貓衛們個個垂頭喪氣。葉明棠命人放了河馬，他知道，這隻河馬不過是敵人用來挑釁他的棋子。

　　「金葉子，你先帶隊回北鎮撫司，我進宮向陛下稟報此事後再做打算。」葉明棠深感此事背後一定藏著巨大的陰謀。

　　「遵命。大人，你要多加小心。」金葉子說道。

　　葉明棠馬不停蹄的進了宮，趕在早朝之前到太和殿面聖。他把暮雲湖怪獸和昨晚發生的事一併向明皇稟報。

　　聽到怪獸吃孩童的案子還沒有進展，明皇心急如焚。他是一位勤政愛民的好皇帝，絕不容許發生這樣的怪事。

「葉明棠，不管你用什麼方法，這案子必須盡快查個水落石出，不然我拿北鎮撫司是問！」明皇下了最後通牒。

「臣謹遵聖命。」然而，前一晚誤把河馬當作犯人，使葉明棠的信心大受打擊，加上唯一的線索也斷了，他的腦中更是一團亂，完全找不到方向。

　　就在此時，太和殿門前的內侍官喊
道：「東廠提督萬江樓覲見。」

　　只見門外出現一個身穿雲青色華服的
官員，身後還跟著一個穿著青袍的道士。
看著兩人一前一後進了太和殿，葉明棠突
然有不好的預感。畢竟，東廠提督是個一
肚子壞水、口蜜腹劍的大奸臣，他在這個
時候出現，不知會惹出什麼事來。

34

東廠的全稱是「東緝事廠」，是從事偵察、緝捕等工作的特務機構，由皇帝信任的宦官掌控，直接聽從皇帝號令。他們暗中監視大臣們的一舉一動，連錦貓衛都奈何不了他們。

萬江樓原本是後宮的內侍官，因為做事伶俐，又擅長察言觀色，很快便得到明皇的器重，從此平步青雲，成為東廠的提督，手裡掌握極大的權力。他私下自稱是「九千歲」，比被尊稱為「萬歲」的皇帝少一千歲。

萬江樓帶著道士走到明皇和葉明棠面前，自稱有抓捕怪獸的好方法。

聽到萬江樓這麼說，明皇大喜。「愛卿真有辦法查清此案？」

「臣已從位於城外的蝶瀾山玉虛觀中，請來了幻天真人，他有對付怪獸的良策。」萬江樓答道。

萬江樓轉頭向幻天真人示意，幻天真人隨即走到空曠處，甩動手中的拂塵，再朝空中撒出粉末。粉末在空中散開，化作一團濃霧，並發出一股怪異的氣味。過了一會兒，一個巨大的身影在濃霧中漸漸變得清晰。

太和殿的護衛們發現有異樣，舉起手中的長槍就要上前，卻被萬江樓攔了下來。

「別慌張，道長只是在使用幻術，想讓大家看清楚怪獸的真面目而已。」萬江樓解釋道。

只見怪獸長著兩支如水牛角般的犄角，黃色的雙眼，以及一張布滿鋸齒的血盆大口。

幾分鐘後，幻天真人再次揮舞拂塵，霧氣漸漸散去，怪獸也隨之消失。

「真厲害！快將降服怪獸的方法告訴朕。」明皇連連誇讚。

「謹遵聖命。」幻天真人整理好道袍後，緩緩說道：「怪獸乃奉上天之命來到人間，只因陛下貿然遷都，觸怒了天庭。陛下不必多慮，貧道已有破解之法。」

「太好了，是什麼方法？」

「只要備足黃金五千兩、白銀一萬兩、陛下賞賜的御酒九十九罈、雞鴨魚肉若干，在月升之時，至暮雲湖邊設壇施法，怪獸自會出現，代上天領受供品，隨後便會遠離順天府，不再禍亂人間。」

「一派胡言，禍亂君心，擾亂聖聰，陛下萬不可信！」站在一旁的葉明棠實在聽不下去了。在他眼裡，幻天真人與江湖術士無異，他絕不相信怪獸是上天派來的。

「陛下，天下初定，北有狼族侵擾，南有叛軍未剿。雁北朝正是需要恢復國力的時候，怎能憑江湖術士造出來的幻象，就浪費如此多財貨！」葉明棠毫不示弱。

「指揮使大人，北鎮撫司已探查此案多日，卻不見進展，東廠才主動為皇上分憂。莫非你要眼睜睜看著遷都慶典被搞砸？」萬江樓是靠能言善道當上提督的，葉明棠哪裡是他的對手。

「遷都慶典事關重大，絕不能有任何閃失。北鎮撫司和東廠是朕的左膀右臂，在這緊要關頭，你們更應該同心協力，了結此案才是。」明皇語重心長的說。

「臣謹遵聖命，願同心協力查清此案。」見明皇這麼說，葉明棠和萬江樓不敢再爭執，便低著頭恭敬的答道。

「事不宜遲，東廠負責備齊幻天真人所需的錢財及供品。北鎮撫司派一支精銳部隊，護送真人前往暮雲湖祭天。明日午時啟程，不得有誤。」

「陛下……」葉明棠還想勸諫。

「葉明棠，難道你想抗旨？」明皇怒視著葉明棠。

「臣不敢。」葉明棠知道，此時再說什麼都是白費唇舌。

40

　　葉明棠嘆了口氣，　決定先回到北鎮撫司再做打算。

　　此時的北鎮撫司裡，　錦逸正在對錦貓衛們從湖邊那些巨大腳印裡，　帶回來的淤泥和石塊進行查驗。　她發現這些淤泥裡混雜著鐵屑、　火藥粉末和葉片，　更奇怪的是，　在葉片上能聞到一種奇特的氣味。

　　如果是其他醫官，　可能會把這些葉片當成普通的樹葉，　但錦逸可不一樣，　她從小就隨太醫王璞識百草，　能將眾多醫書倒背如流。　錦逸很快就認出這些葉片是塞外的枯蝶草，　它是一種稀有且會散發奇香的藥材，　能使人產生幻覺，　進而擾亂視覺與聽覺。

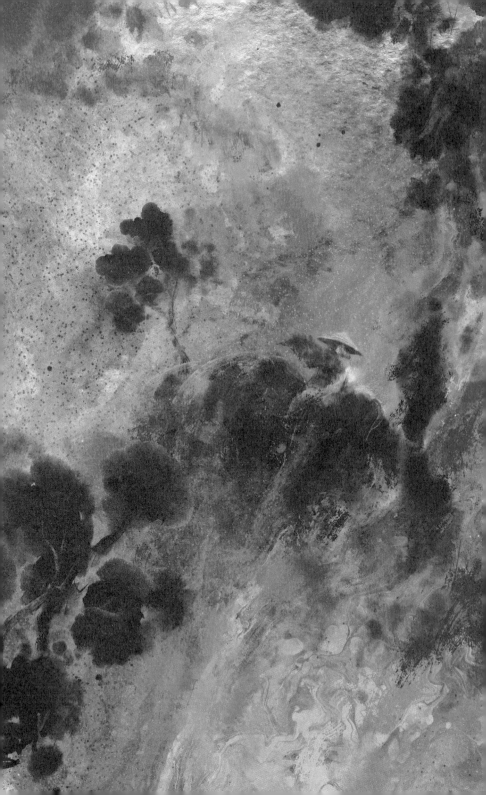

午夜時分，暮雲湖邊的蝶瀾山中，有一個戴著斗笠、提著燈籠的黑衣人，在山間的小路疾行。他邊走邊張望，生怕有人跟蹤。在山中轉了幾圈後，他才從一處陡峭的懸崖邊，小心翼翼的走到一面石壁前。

　　確定四周沒人後，他放下手中的燈籠，輕輕敲起石壁，先敲三下，再敲四下，又敲三下。

　　「千山任鳥飛。」石壁中傳出低沉的聲音。

　　「盜盡萬戶金。」黑衣人湊近石壁，悄聲答道。

　　隨著「轟隆隆」的聲響，石壁朝兩邊移開，露出一道鐵門。隨後門開了，一隻士兵打扮的老鼠出現在黑衣人面前。

　　「我有重大消息要稟報幫主。」

　　「跟我來。」老鼠確認四下無人後，便把黑衣人帶進石洞裡，並且關上了鐵門，分開的兩面石壁再次重合在一起。

　　這扇門看起來不大，裡面卻別有洞天。

　　黑衣人跟在老鼠身後，穿過一條蜿蜒曲折的窄路，不時能聽到石洞深處傳來孩童的哭聲。

　　「小孩的哭聲那麼大，不會被外面發現吧？」黑衣人警覺的問。

　　「不會，石壁這麼厚，穿山甲都進不來，就讓他們哭吧！」老鼠不懷好意的說。

　　他們來到一間空曠的石廳，裡面到處點著火把，每隔幾步就有一隻手拿長刀、身穿輕甲的老鼠士兵站崗。石廳中央掛著一面黑色旗幟，上面寫著「千山盜」三個大字。

　　在靠著石壁的大椅子上，斜躺著從額頭到眉間有一條白色斑紋的黑毛老鼠。看見黑衣人來了，他坐起身，喝了一口酒，說道：「幻天，辛苦了，一切還順利吧？」

　　「啟稟幫主，一切順利。」黑衣人取下斗笠，露出真面目，正是幻天真人。

這隻被稱為幫主的老鼠叫做一點白，是千山盜的頭目。千山盜在江湖上聲名狼藉，因為他們做事沒有規則和底線，只要願意，什麼都能偷，什麼都敢搶。

幻天也是千山盜的人。他把皇宮裡發生的事一五一十的向一點白稟報，並且得意的講述錦貓衛如何被皇帝喝斥、丟盡顏面。

「不能小看葉明棠，縱使今天一切順利，接下來也要步步為營。」一點白心思縝密，他知道錦貓衛一定不會就此罷休。

「幫主說得極是，只要我把錦貓衛帶到暮雲湖邊，接下來就看兄弟們的了。」幻天趕緊附和。

一點白沒再說話，而是打了個響指，他身後便浮現出一個巨大的黑影。

「啟動！」一點白拍了拍手。

　　幾隻老鼠士兵放下手中的長刀，鑽進這個龐然大物的肚子裡，那東西的眼睛一下子就發出黃色的光芒。

　　這東西繼續朝前方移動，藉著火光慢慢露出它的全貌——它是一個怪獸模樣的鋼鐵機器！

　　「只要有它在，再多的錦貓衛也拿我沒轍！」一點白胸有成竹的笑著。

　　「幫主英明。」幻天拱手說道。

　　就在幻天前往千山盜的巢穴時，北鎮撫司內也有新的進展。錦逸把從淤泥中分離出來的東西放在木盤上，呈給葉明棠過目。

　　「有什麼新發現嗎？」葉明棠問道。

　　「我從淤泥中分離出枯蝶草、鐵屑，還有一些火藥粉末。」錦逸接著對大家說明枯蝶草的來歷和作用。

　　「枯蝶草為何會出現在此處？莫非是狼族搞的鬼？」金葉子說道。

　　「不可能！狼族如果帶枯蝶草入關，一定會被查到，況且以狼族的性格，不會做這種偷偷摸摸的事。」灰雲月說。

　　「鐵屑足以證明那隻怪獸是個龐大的機器，只是不知道它怎麼操控。」

　　就在大家你一言、我一語熱烈討論之時，葉明棠一直托著下巴思考，這件案子的脈絡也在他腦中逐漸清晰起來。

「我大概能猜到是誰在背後搞鬼了。既然人家設好了圈套，那我們就跳進去。」葉明棠笑著說。

錦貓衛們你看我、我看你，不明白葉明棠的意思。

「你們還不懂嗎？大人的意思是──將計就計啊！」金葉子笑道。

「那你說要怎麼做？」一個錦貓衛反問道。

「這……」金葉子一時語塞，不好意思的抓了抓頭，大家都忍不住笑了起來。

「好了，我已想好計策，各位按照我的部署行動即可。」

「得令。」錦貓衛們向葉明棠拱手領命。

一大早，金葉子就遵照葉明棠的指示，來到神機營的虎刺軍駐地「明光營地」。明軍三大營中，神機營最令敵人聞風喪膽，這裡的士兵都裝備著最先進的火繩槍和手銃，駐守順天府的虎刺軍更是萬中選一的菁英。

「接皇上密令，今日錦貓衛要護送供品和金銀前往暮雲湖祭天，保衛都城的任務就交給各位兄弟了。」金葉子故意大聲說。

「謹遵聖命。錦貓衛放心吧！」虎刺軍提督拱手說道。

就在金葉子前往虎刺軍駐地時，幻天出現在東廠提督萬江樓的府邸中。

「今日遷都慶典，本提督須一早至太和殿伴駕。真人不是要前往暮雲湖祭天嗎？怎麼會來寒舍？」

幻天笑著打開帶來的盒子，拿出一塊價值連城的「翡翠瓊勾玉」，這玉光澤溫潤，光是接近就能感受到一股清涼之氣。

「為感激提督助我們一臂之力，設計錦貓衛，我家大人特別獻上此寶物給提督，略表心意。」

萬江樓本就是個貪得無厭的奸臣，平日大肆搜刮民脂民膏，見過的寶物也是不計其數，但看到這塊勾玉還是雙眼發光，口水都要流出來了。

「只要你們行動不出差錯，今日一過，錦貓衛就會以侵吞祭天財貨及叛逃的罪名被皇上嚴懲。到時候，我東廠就會獨攬大權，天下莫敢不從，自然少不了你們的好處。」萬江樓摸著勾玉，眼睛笑成兩條細縫。

午時一到，由金葉子和幻天真人帶隊，一身紅袍的錦貓衛護送供品，一行人浩浩蕩蕩的出了皇城。灰雲月展翅翱翔在半空中，為隊伍做前哨。

偌大的北鎮撫司只剩下葉明棠伴隨在明皇身邊。遷都慶典即將開始，暗處卻隱藏著凶險，正邪之間的對決隨著滿城的鑼鼓聲，拉開了序幕。

經過長途跋涉，隊伍終於進入暮雲湖邊的森林。太陽已經西沉，林中靜悄悄的，只能聽到車輪碾壓在泥土路上發出的嘎吱聲。

　　這座貌似靜謐的森林，實際上危機四伏。在暮雲湖邊的樹上，到處埋伏著全副武裝的千山盜，他們戴著獸紋面罩、穿著夜行衣、手持鋒利的朴刀，等待錦貓衛慢慢進入他們布下的天羅地網。

　　隼作為世界上視力最好的動物之一，遠處一丁點的變化都逃不過他們的眼睛。灰雲月在空中居高臨下，很快就察覺到湖邊的異樣，他剛想俯衝下去，卻發現身後多了兩隻烏鴉。

　　等到月亮進入雲層，灰雲月立即加速，想甩開烏鴉，可是那兩隻烏鴉也非等閒之輩，他們從兩邊包抄，狠狠的撞擊灰雲月。

　　失去平衡的灰雲月急速下墜，　兩隻烏
鴉分別用腳腕射出繩鏢，　捆住灰雲月的翅
膀，　拉著他朝蝶瀾山的深處飛去。

在暮雲湖邊，錦貓衛已經將金銀財貨和各種食物，按照幻天真人的指示一一擺好。幻天真人披上青綠色道袍，揮舞手中的拂塵，口中念念有詞。

金葉子發現空中不見灰雲月的蹤跡，也警覺起來，把手放在繡春刀上，環視著四周。

　　只見幻天真人用袍袖一擋，臉上即變出骷髏圖案的蒼白面具。他不停念著眾人聽不清的咒語，跳著奇怪的舞蹈，時而低頭抖動雙肩，時而抬頭搖晃腦袋，並圍著祭天的神桌不停繞圈。雖然戴著面具，但依然能看見他的眼睛左顧右盼，似乎在等待什麼到來。

　　「這個裝神弄鬼的道士要跳到什麼時候？」一個錦貓衛不耐煩的說。

　　「我看只有老天爺才知道。」另一個錦貓衛搖了搖頭。

　　就在這時，幻天真人突然停下來，用拂塵指向湖心，大喊：「上天的使者要現身了！」

月光下，湖心泛起一陣陣漣漪，接著激起一朵朵浪花。過了一會兒，怪獸從水中慢慢浮現，一雙黃色的眼睛在黑夜裡格外耀眼。

就在怪獸浮出水面的時候，一個擅長游泳的錦貓衛悄悄潛到水下。他看見怪獸的腳底有兩個陀螺般的螺旋槳，正不斷轉動，攪動著水花。

　　「果然不出指揮使所料，這隻怪獸真的只是一個製作精巧的機器。」

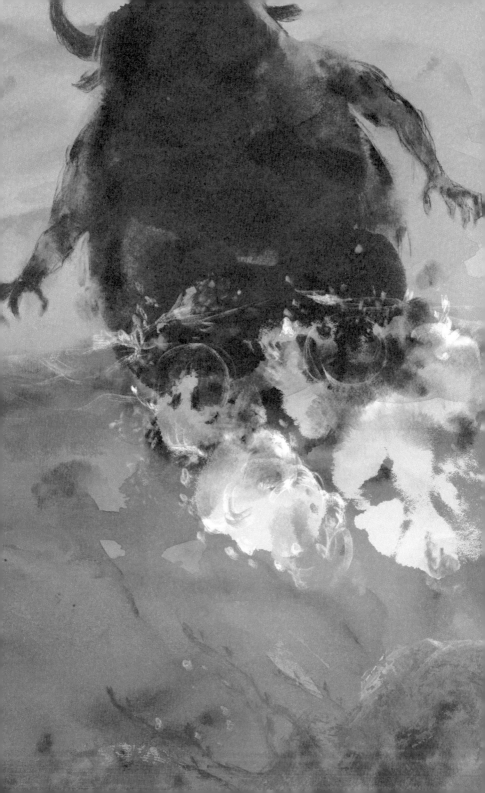

　　這名錦貓衛看清楚機關的位置後，轉身游上岸。他拿起藏在樹下的手銃，朝天空發射，彈丸在夜空中綻放出燦爛的煙火，瞬間照亮了整個暮雲湖。

　　「果然有詐。錦貓衛拔刀，準備緝拿怪獸。」金葉子看到信號，知道如葉明棠所料，怪獸就是一臺機器，他立刻掀翻神桌，拔出繡春刀。

見錦貓衛識破了怪獸的真面目，幻天轉身想逃，卻被金葉子一把抓住，將他重重的摔在地上。

「把這個江湖騙子綁起來！」金葉子說完，兩個錦貓衛一擁而上，用繩子把幻天捆起來。

「真可憐！你們大難臨頭還不自知。」幻天發出詭異的笑聲。

這時，暮雲湖突然彌漫起綠色的大霧。仔細一看，綠色霧氣是從怪獸嘴裡和鼻孔噴出來的。

　　錦貓衛們看不清四周的狀況，只好背
靠背站在一起。此時，霧氣中出現一個接
一個的黑影，從四面八方靠近錦貓衛。

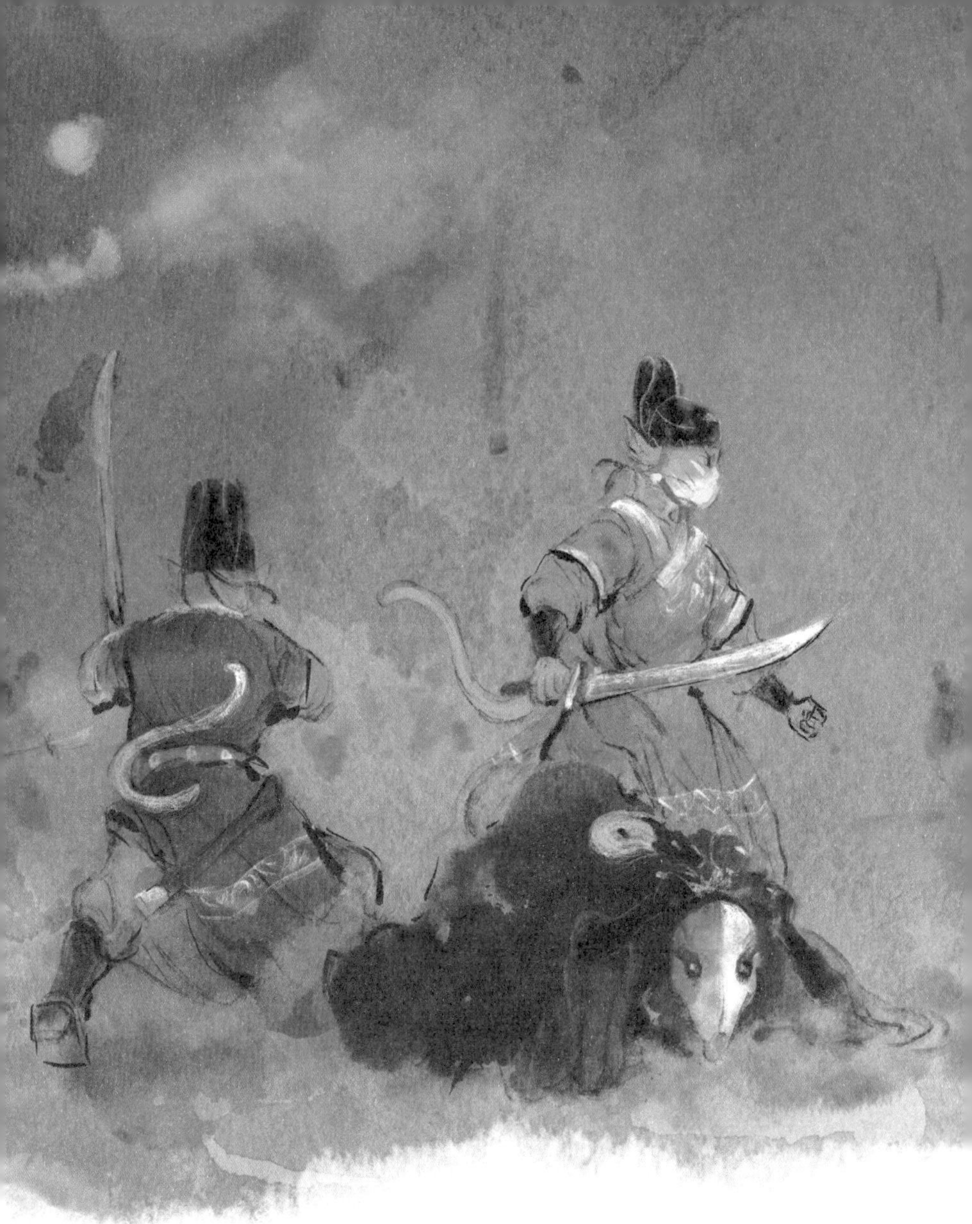

幻天趁亂逃走，金葉子想去抓他，卻突然感到頭暈目眩，雙腿發軟，連站都站不穩。

沒一會兒，錦貓衛全都暈倒在地，之前埋伏的千山盜立刻圍了上來。

　　「趁這些臭貓中了毒霧，將他們丟去餵魚吧！」其中一個千山盜提著長刀，惡狠狠的說。

　　「沒錯，動手吧！」

「萬萬不可！」幻天趕緊攔下這些老鼠強盜。

「為何不可？」老鼠們問道。

「他們都是官差，丟去餵魚太浪費了。不如將他們帶回洞裡，讓其他弟兄開開眼界，再將他們祭天也不遲。」

千山盜你看我、我看你，認為幻天說得有道理，紛紛點頭表示贊同。

此時的順天府張燈結綵，遷都慶典如常舉行，百姓都湧到街上，逛燈會、看煙火，到處洋溢著歡樂的元宵節氣氛。

明皇也登上城樓，與民同樂，賞花燈、吃元宵，彰顯國富民安的盛世景象。

　　明皇帶著大臣們站在城樓上，高興的說：「看順天府城的繁華景象，之前的都城應天府哪裡比得上！」

　　面對這個拍馬屁的好機會，老謀深算的萬江樓當然不會錯過，趕緊朝明皇鞠躬道：「皇上所言極是。看這都城內外氣象萬千，百姓康泰。皇上是明君聖主，是雁北朝之幸、百姓之福啊！」

　　萬江樓這番話讓明皇露出滿意的笑容，群臣也趕緊附和：「皇上明君聖主，雁北朝千秋萬載。」

　　葉明棠不願與萬江樓這些阿諛奉承的奸臣為伍，於是獨自在城樓上巡視。

　　錦貓衛都被調往暮雲湖，城樓下方雖然有禁軍和虎刺軍把守，但向來謹慎的葉明棠還是一再查看布防。

　　「指揮使大人，城樓上下一切如常。」禁軍參將向葉明棠稟報。

　　「不可大意，一刻之後再來報。」葉明棠還是放不下心。

　　「領命。」參將說完轉身離開。

　　葉明棠看著遠方的城門，低聲自言自語：「看樣子，是時候了。」

就在順天府內遷都慶典如火如荼舉行的時候，城門外面，去暮雲湖祭天的錦貓衛居然帶著怪獸回來了。

　　「我是北鎮撫司的千戶，已將湖邊怪獸帶回，煩請打開城門。」

　　「怎麼不見指揮同知金葉子大人？」城樓上的守衛問道。

　　「大人攜帶供品，行進緩慢，命我們先回來覆命。」帶頭的錦貓衛喊道。

　　守衛開了門，正想上前查驗，卻聞到一股奇怪的氣味，眼前彌漫著綠色的霧氣，沒一會兒，守衛就暈倒在地。這些「錦貓衛」脫下面具和官袍，露出老鼠的臉龐，原來他們都是易容換裝的千山盜。

　　見守衛們一個個都不省人事，千山盜騎著馬、拉著怪獸，大搖大擺的走進順天府。

　　平日裡這麼大的動靜一定會引來巡城的禁軍，可是此時順天府裡正鑼鼓喧天，鞭炮齊鳴，大家都忙著慶祝，禁軍也在護衛皇上，根本沒人注意到發生什麼事。

進了城的千山盜既沒有去皇宮，也沒有去糧倉和金庫，而是一路直奔北鎮撫司。

　　來到北鎮撫司門口，機器怪獸胸前打開了一道圓形的鐵門，全副武裝的千山盜一個接一個從裡面跳出來。

「動作快！攔路者殺無赦！盡快找到鑰匙和地圖，其他一概不取。」最後出來的一點白喊道。

千山盜迅速跑進北鎮撫司，但是裡面卻空無一人。

「幫主，這裡怎麼一個人都沒有？」老鼠強盜們感到奇怪。

「錦貓衛的主力都去暮雲湖了，剩下的幾個也一定是去保護皇帝。事不宜遲，大家分頭行動，找到鑰匙和地圖後，就一把火燒了北鎮撫司！」

「得令。」眾鼠向一點白拱手領命。

千山盜要找的鑰匙和地圖，事關一個重大的祕密。聽說在順天府裡的地牢，關押著一個從應天府遷來的窮凶惡極的罪犯。這名罪犯極度危險，不只千山盜，連東瀛的倭寇、北邊的狼族都想找到他。

可是，千山盜將北鎮撫司上上下下翻了一遍，卻一無所獲，只剩下放書卷的書典間還沒有搜過。

「幫主，鑰匙和地圖不會放在這麼顯眼的地方吧？」一點白身邊的老鼠強盜問道。

「你們不了解葉明棠，最危險的地方可能就是最安全的地方。」

說完，一點白帶領千山盜進入大門敞開的書典間，終於在一個櫃子裡找到了地圖。

然而，打開地圖一看，裡面只寫著八個大字：「束手就擒，莫要抵抗。」

　　轉瞬間，書典間外火光閃耀，身披甲冑的葉明棠帶著禁軍從外面衝進來。

　　「一點白，我終於等到你了。」葉明棠大聲喊道。

　　「葉明棠，原來你早就知道我會來北鎮撫司，提前安排了禁軍在這裡埋伏。」一點白看自己的計謀被識破，還中了錦貓衛的計，恨得牙癢癢。

「給我全部拿下，一個都別想跑！」葉明棠一招手，禁軍迅速從他兩側魚貫而入。

千山盜當然不會輕易束手就擒，他們的人數遠比禁軍多，何況還有那臺會噴毒霧的機器怪獸。

　　「千山盜，聽我號令，全力還擊！」一點白大喊。

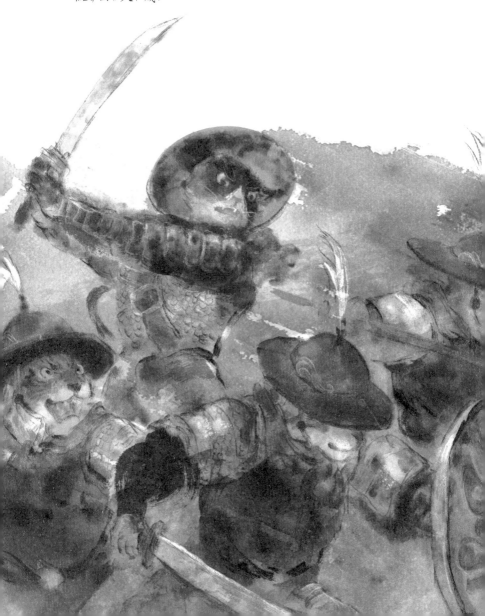

老鼠強盜們隨即戴上獸紋面罩，朝禁軍衝過去。

正邪雙方在北鎮撫司的院子裡打得難分難解。不過千山盜雖然數量眾多，但葉明棠已經把他們的戰法研究透澈，禁軍用圓盾擋住老鼠強盜們的朴刀，很快就占了上風。

「葉明棠，你可別高興得太早，誰輸誰贏還不一定呢！」一點白說著，同時戴上獸紋面罩，並且把朴刀指向門外的機器怪獸。

只見機器怪獸像得到指令一樣，從鼻孔和長滿鋸齒的血盆大口中再次噴出綠色的毒霧。

毒霧很快就在北鎮撫司裡蔓延開來……

就在這時候，從北鎮撫司院子的花圃和樹木後方，出現許多做了偽裝的虎刺軍士兵，他們舉起火繩槍，朝著機器怪獸射擊。

同一時間，灰雲月出現在空中，大喊：「射擊怪獸的腋下和雙腿旁邊的齒輪！」

虎刺軍朝著灰雲月指示的部位猛烈射擊，機器怪獸漸漸停下來，那些從怪獸身體裡逃出來的老鼠強盜也被虎刺軍全數打倒。

千山盜很快就被禁軍和虎刺軍一網打盡，一點白也被生擒。

「一點白，你還有什麼話要說？」葉明棠厲聲說道。

「栽在你手裡，不算冤枉。不過你得告訴我，為什麼我的迷霧對你們起不了作用？」一點白憤恨的問道。

「北鎮撫司的女醫官從湖邊採集的證據中，破解了你的迷霧配方，並且連夜製作出解藥。接著我們將計就計，讓你這老奸巨猾的千山盜頭目一步步進入陷阱，才能完成今天這場甕中捉鱉的作戰。」葉明棠說道。

「葉明棠，我們做個交易。只要你放了我，我保證把那些被抓走的孩童毫髮無傷的送回來。要是我日出之前沒有回去，他們的性命可能就不保了。」一點白打出最後一張王牌，他知道葉明棠一定不會眼睜睜看著那些孩童送死。

但是葉明棠卻一點也不著急，他指著身後說：「一點白，你看看他們是誰？」

原來，暮雲湖邊發生的一切也是錦貓衛們早就計劃好的。葉明棠料到幻天一定會把錦貓衛帶去祭天，所以讓護送供品的錦貓衛假裝被毒霧迷倒。他們被帶到千山盜的巢穴後，趁其不備，將留守的千山盜全數捕獲。

佯裝被抓的灰雲月則趁機打敗烏鴉，從他們那裡得知機器怪獸的腋下和雙腿是弱點。

金葉子和灰雲月從幻天的口中打探出，被抓走的孩童關在千山盜巢穴的最深處，一間伸手不見五指的牢房裡。

　　看到火把的亮光，孩子們驚恐的躲到角落。幻天曾說過，火把亮起的第七天，就要把他們抓去祭天，因此孩子們數著火把亮起的次數，而今天恰好是第七天。

　　「孩子們，你們在裡面嗎？」

　　「大人，快救我們出去！」看見是錦貓衛來了，孩子們紛紛跑到牢門前，大聲哭喊。

　　金葉子用繡春刀斬斷牢門上的鐵鎖，救出被抓走的孩子們。

在<ruby>遷<rt>ㄑㄧㄢ</rt></ruby>都<ruby>慶<rt>ㄑㄧㄥ</rt></ruby><ruby>典<rt>ㄉㄧㄢ</rt></ruby>順<ruby>利<rt>ㄌㄧ</rt></ruby>結<ruby>束<rt>ㄕㄨ</rt></ruby>之<ruby>時<rt>ㄕ</rt></ruby>，所<ruby>有<rt>ㄧㄡ</rt></ruby>被<ruby>怪<rt>ㄍㄨㄞ</rt></ruby><ruby>獸<rt>ㄕㄡ</rt></ruby>抓<ruby>走<rt>ㄗㄡ</rt></ruby>的<ruby>孩<rt>ㄏㄞ</rt></ruby>子都平<ruby>安<rt>ㄢ</rt></ruby>回<ruby>到<rt>ㄉㄠ</rt></ruby>父<ruby>母<rt>ㄇㄨ</rt></ruby>身<ruby>邊<rt>ㄅㄧㄢ</rt></ruby>。

<ruby>圓<rt>ㄩㄢ</rt></ruby><ruby>滿<rt>ㄇㄢ</rt></ruby>完<ruby>成<rt>ㄔㄥ</rt></ruby>任<ruby>務<rt>ㄨ</rt></ruby>的<ruby>錦<rt>ㄐㄧㄣ</rt></ruby>貓<ruby>衛<rt>ㄨㄟ</rt></ruby>也<ruby>凱<rt>ㄎㄞ</rt></ruby><ruby>旋<rt>ㄒㄩㄢ</rt></ruby><ruby>歸<rt>ㄍㄨㄟ</rt></ruby><ruby>來<rt>ㄌㄞ</rt></ruby>。

隔天一早，葉明棠向明皇稟報昨晚發生的一切。明皇不敢相信，在他面前有如仙人的幻天真人，居然是千山盜的一員。錦貓衛在關鍵時刻救了雁北朝，也救了孩童們，因此明皇決定嘉獎錦貓衛，並對自己誤信讒言的錯誤舉動懊悔不已。

　　不久後，順天府的百姓們都知道遷都慶典那晚，城裡發生了一場驚心動魄的戰鬥。錦貓衛抓住了盜匪，破解了怪獸之謎，用智慧和膽識完美解決所有問題。正是因為有錦貓衛保家護國，使遷都慶典成為所有人最美好的回憶。

　　夜晚，在城外的小樹林裡，東廠提督萬江樓正和一個黑衣人竊竊私語。

　　「現在怎麼辦？要是被北鎮撫司那群臭貓查到我和千山盜有勾結，不只我的官位不保，恐怕連腦袋都要被砍。」萬江樓皺著眉頭，急得像熱鍋上的螞蟻。

　　「放心，我安插在宮裡的人有辦法讓北鎮撫司大禍臨頭。」黑衣人用低沉而沙啞的聲音說道。

「此話當真？ 要是我這東廠提督的位置保不住， 我絕不會放過你！」萬江樓眼睛一亮， 隨即又威脅道。

「放輕鬆， 九千歲大人。 我們在同一艘船上， 必須同心協力， 才能瓦解北鎮撫司。」黑衣人轉過頭來， 發出一陣讓人不寒而慄的笑聲。

斗笠下， 一雙凌厲的眼睛看起來有些熟悉， 竟然和北鎮撫司的指揮使葉明棠有幾分相似……

國家圖書館出版品預行編目（CIP）資料

錦貓衛1城牆外的怪獸 / 段磊作. -- 初版. -- 新
北市：大眾國際書局股份有限公司 大邑文化,
西元2024.1
104面；14.2x21公分 . – （魔法學園；8）
ISBN 978-626-7258-49-1（平裝）

859.6   112018257

魔法學園CHH008

錦貓衛1城牆外的怪獸

作　　　　者	段磊
總　編　輯	楊欣倫
副　主　編	徐淑惠
執　行　編　輯	李厚錡
封　面　設　計	張雅慧
排　版　公　司	菩薩蠻數位文化有限公司
行　銷　業　務	楊毓群、蔡雯嘉、許予璇
出　版　發　行	大眾國際書局股份有限公司 大邑文化
地　　　　址	22069新北市板橋區三民路二段37號16樓之1
電　　　　話	02-2961-5808（代表號）
傳　　　　真	02-2961-6488
信　　　　箱	service@popularworld.com
大邑文化FB粉絲團	http://www.facebook.com/polispresstw
總　經　銷	聯合發行股份有限公司
	電話 02-2917-8022　　　傳真 02-2915-7212
法　律　顧　問	葉繼升律師
初　版　一　刷	西元2024年1月
定　　　　價	新臺幣280元
Ｉ　Ｓ　Ｂ　Ｎ	978-626-7258-49-1

本作品中文繁體版透過成都天鳶文化傳播有限公司代理，經電子工業出版社有限公司授予大眾國際書局股份有限公司獨家出版發行及銷售，非經書面同意，不得以任何形式，任意重製轉載。

大邑文化讀者回函

謝謝您購買大邑文化圖書，為了讓我們可以做出更優質的好書，我們需要您寶貴的意見。回答以下問題後，請沿虛線剪下本頁，對折後寄給我們（免貼郵票）。日後大邑文化的新書資訊跟優惠活動，都會優先與您分享喔！

✎ 您購買的書名：＿＿＿＿＿＿＿＿＿＿＿＿＿＿＿＿＿＿＿＿＿＿

✎ 您的基本資料：

姓名：＿＿＿＿＿＿＿＿，生日：＿＿＿年＿＿＿月＿＿＿日，性別：□男　□女

電話：＿＿＿＿＿＿＿＿＿＿，行動電話：＿＿＿＿＿＿＿＿＿＿＿＿

E-mail：＿＿＿＿＿＿＿＿＿＿＿＿＿＿＿＿＿＿＿＿＿＿＿＿＿

地址：□□□-□□＿＿＿＿＿＿縣／市＿＿＿＿＿＿鄉／鎮／市／區

＿＿＿＿＿路／街＿＿＿段＿＿＿巷＿＿＿弄＿＿＿號＿＿＿樓／室

✎ 職業：

□學生，就讀學校：＿＿＿＿＿＿＿＿＿＿＿＿＿＿＿，＿＿＿＿＿＿年級

□教職，任教學校：＿＿＿＿＿＿＿＿＿＿＿＿＿＿＿＿＿＿＿＿＿＿＿

□家長，服務單位：＿＿＿＿＿＿＿＿＿＿＿＿＿＿＿＿＿＿＿＿＿＿＿

□其他：＿＿＿＿＿＿＿＿＿＿＿＿＿＿＿＿＿＿＿＿＿＿＿＿＿＿＿

✎ 您對本書的看法：

您從哪裡知道這本書？□書店　　□網路　　□報章雜誌　　□廣播電視

□親友推薦　　□師長推薦　　□其他＿＿＿＿＿＿＿＿＿＿＿＿＿＿＿

您從哪裡購買這本書？□書店　　□網路書店　　□書展　　□其他＿＿＿＿＿

✎ 您對本書的意見？

書名：□非常好□好□普通□不好　　封面：□非常好□好□普通□不好

插圖：□非常好□好□普通□不好　　版面：□非常好□好□普通□不好

內容：□非常好□好□普通□不好　　價格：□非常好□好□普通□不好

✎ 您希望本公司出版哪些類型書籍（可複選）

□繪本□童話□漫畫□科普□小說□散文□人物傳記□歷史書

□兒童／青少年文學□親子叢書□幼兒讀本□語文工具書□其他＿＿＿＿＿

✎ 您對這本書及本公司有什麼建議或想法，都可以告訴我們喔！

＿＿＿＿＿＿＿＿＿＿＿＿＿＿＿＿＿＿＿＿＿＿＿＿＿＿＿＿＿＿＿＿＿

＿＿＿＿＿＿＿＿＿＿＿＿＿＿＿＿＿＿＿＿＿＿＿＿＿＿＿＿＿＿＿＿＿

＿＿＿＿＿＿＿＿＿＿＿＿＿＿＿＿＿＿＿＿＿＿＿＿＿＿＿＿＿＿＿＿＿

大 邑 文 化

新北市板橋區三民路二段 37 號 16 樓之 1

220-69

寄件人地址：

□□□-□□

縣/市　鄉/鎮/市/區

路/街　段　巷　弄　號　樓/室

大邑文化

服務電話：（02）2961-5808（代表號）

傳真專線：（02）2961-6488

e-mail：service@popularworld.com

大邑文化 FB 粉絲團：http://www.facebook.com/polispresstw